Palabras que debemos aprender antes d

avanzó

celebrar

dificultad

engarrotaron

estirarse

hinchada

murmuró

prepararse

resopló

se jactó

www.rourkepublishing.com

Edición: Luana K. Mitten
Ilustración: Bob Reese
Composición y dirección de arte: Renee Brady
Traducción: Yanitzia Canetti
Adaptación, edición y producción de la versión en español de Cambridge BrickHouse, Inc.

ISBN 978-1-61810-538-7 (Soft cover - Spanish)

Rourke Publishing
Printed in the United States of America,
North Mankato, Minnesota

www.rourkepublishing.com - rourke@rourkepublishing.com
Post Office Box 643328 Vero Beach, Florida 32964

En sus marcas, listos, ¡ya!

Kyla Steinkraus
ilustrado por Bob Reese

El bosque reventaba de alegría. Búho Benito acababa de anunciar que el primer premio de la Gran Carrera anual sería una gran fiesta. Todo el mundo quería el premio, pero solo podría haber un ganador.

—Seré el primero —se jactó Zorro Zoilo—. Mis largas patas me hacen el más veloz.

Toña Tortuga frunció el ceño: —Mis patas son demasiado cortas para ir muy rápido.

—No te preocupes —dijo Carlos Castor—. Podemos practicar para ser más rápidos.

—Será mejor que comencemos pronto. ¡La carrera será en tres días! —exclamó Pato Pepe.

Los amigos corrieron a prepararse.

Pero Zoilo no tenía que hacerlo. Ya era el más rápido.

Los animales entrenaron fuera de la pista. Ellos practicaron la carrera una y otra vez. —¡Ven a entrenar con nosotros! —dijo Toña Tortuga.

Pero Zoilo sintió ganas de acurrucarse a tomar una siesta bajo el sol.
Y así lo hizo.

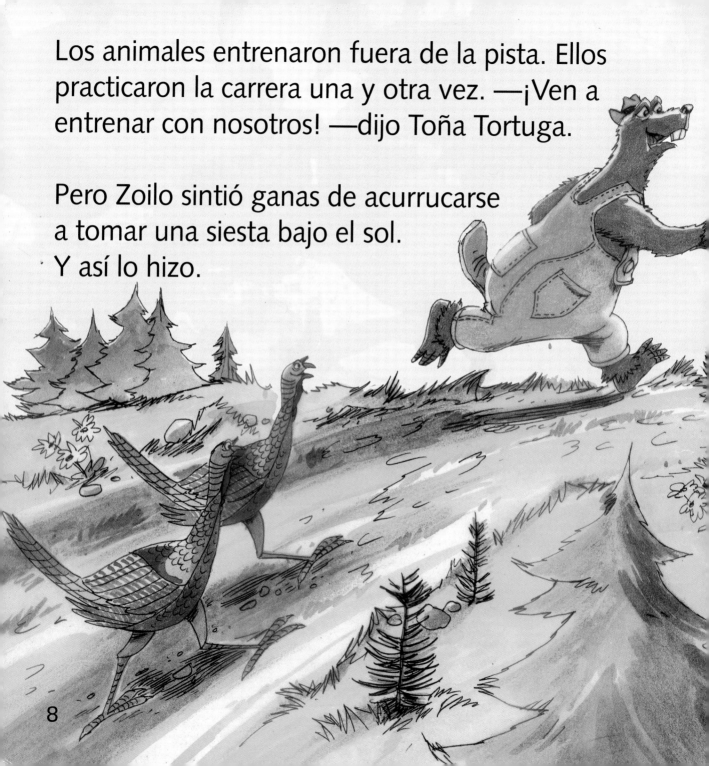

Al día siguiente, Osa Olga repartió frutas entre sus amigos:

—La comida saludable nos dará energía —dijo.
Pati Pata le ofreció una banana a Zoilo.

Pero en lugar de eso, Zoilo tenía ganas de tomar helado. Y así lo hizo.

Cuando terminó, la barriga de Zorro Zoilo estaba muy hinchada. Caminó con dificultad hacia sus amigos.

—Estamos estirándonos —resopló Carlos Castor mientras intentaba alcanzar los dedos de sus pies.

Pati Pata alzó sus alas sobre su cabeza tan alto como pudo: —Puede que se lastimen tus músculos si no haces ejercicios de estiramiento.

Zoilo negó con la cabeza y se sentó. Parecía que estirarse requería demasiado esfuerzo. —Creo que solo voy a mirar —murmuró. Y así lo hizo.

Por fin llegó la hora de correr. Todos los animales se pararon en fila detrás de la línea de salida.

—En sus marcas, listos, ¡ya! —gritó Búho Benito.

Zorro Zoilo salió delante. Después de un rato, la barriga empezó a dolerle de tanto helado que había tomado. Osa Olga avanzó y lo pasó.

Él siguió corriendo. Pronto sus pulmones le dolían. No podía respirar. Pati Pata batió sus alas delante de él.

Zoilo tropezó. Sus patas se engarrotaron.

Carlos Castor cargó a Toña Tortuga. Juntos adelantaron a Zoilo y cruzaron la meta.

Zoilo agachó la cabeza mientras cojeaba hacia el final de la carrera. ¡Había perdido!

Se alejó a rastras mientras sus amigos vitoreaban y aplaudían a Osa Olga.

—¡Espera! —lo llamó Olga—. ¡Ven a celebrar con nosotros!

19

—¡Sí, claro! —intervino Toña Tortuga—.
¡Hay un montón de helados!

—¡No más helados!
—dijo Zoilo, reuniéndose
con sus amigos, que no
paraban de reír.

Actividades después de la lectura

El cuento y tú...

¿Qué hizo Zorro Zoilo para prepararse para la carrera?

¿Qué hicieron los demás animales para prepararse para la carrera?

¿Qué harías tú para prepararte para una gran carrera?

Palabras que aprendiste...

Elige tres de las siguientes palabras y escríbelas en una hoja de papel. Ahora escribe una definición, con tus propias palabras, para cada una de las palabras que elegiste.

avanzó	hinchada
celebrar	murmuró
dificultad	prepararse
engarrotaron	resopló
estirarse	se jactó

Podrías... preparar una Gran Carrera con tus amigos.

- Invita a tus amigos a participar en la carrera.

- Decide cuándo y dónde se efectuará tu carrera.

- Haz una lista de las cosas que tienes que hacer para prepararte para la carrera.

- Decide qué harás para premiar al ganador de la carrera.

Acerca de la autora

Kyla Steinkraus vive en Tampa, Florida, con su esposo y sus dos niños. Ella considera que ejercitarse, estirarse y alimentarse de forma saludable son excelentes maneras de prepararse, no solo para una carrera, sino también para la vida.

Acerca del ilustrador

Bob Reese comenzó su carrera en el arte a los 17 años, trabajando para Walt Disney. Entre sus proyectos están la animación de las películas *Sleeping Beauty*, *The Sword and the Stone* y *Paul Bunyan*. Trabajó además para Bob Clampett y Hanna Barbera Studios. Reside en Utah y disfruta pasar tiempo con sus dos hijas, sus cinco nietos y un gato llamado Venus.